« PAVILLONS »

Collection dirigée par Claire Do Sêrro

DE LA MÊME AUTEURE

chez le même éditeur

La Vie avant l'homme, 1981 ; « Pavillons Poche », 2017
La Servante écarlate, 1987 ; « Pavillons Poche », 2017
Œil-de-chat, 1990 ; « Pavillons Poche », 2017
La Voleuse d'hommes, 1994
Mort en lisière, 1996 ; « Pavillons Poche », 2017
Captive, 1998 ; nouvelle édition, 2017
Le Tueur aveugle, 2002
Le Dernier Homme, 2005
Faire surface, « Pavillons Poche », 2017
Le Fiasco du labrador, 2009
Le Temps du déluge, 2012
MaddAddam, 2014
C'est le cœur qui lâche en dernier, 2017
Neuf contes, 2018 ; « Pavillons Poche », 2019
Graine de sorcière, 2019

MARGARET ATWOOD

POÈMES TARDIFS

Traduits de l'anglais (Canada)
par Christine Évain et Bruno Doucey

Robert Laffont

Titre original : DEARLY

ISBN 978-2-221-25037-2
(édition originale : 9781784743895, Chatto & Windus, an imprint of Vintage, Penguin Random House, London)
Dépôt légal : février 2022
Éditions Robert Laffont – 92, avenue de France 75013 Paris

Chers lecteurs,

J'ai récemment fouillé dans un tiroir de vieux manuscrits datant de mon adolescence et de mes études. Je scribouillais à longueur de journée : fictions, essais, pièces de théâtre. Et des poèmes : terminés, inachevés, partiellement terminés. La plupart étaient assez mauvais, mais il y en avait beaucoup. Certains avaient été envoyés avec espoir à des magazines, avec une enveloppe de retour, dûment affranchie, dans laquelle ils m'étaient – la plupart du temps – retournés. Ces poèmes traitaient de divers sujets : les pivoines, la révolution hongroise de 1956, l'hiver, les têtes coupées. Les sujets habituels.

Les poèmes sont écrits à l'encre, au crayon, au stylo à bille – tout ce qui me tombait sous la main – sur différents types de papier : à lignes, blanc, jaune, bleu – là encore, tout ce qui me tombait sous la main. En regardant les manuscrits originaux des poèmes de *Dearly*, je constate que mes méthodes n'ont pas changé. J'utilise le mot « méthodes » au sens large ;

je n'ai jamais eu de méthodes, n'ayant jamais suivi de cours qui auraient pu m'en donner. Il n'y avait pas de tels cours au Canada à la fin des années 50.

Entre deux ouvrages de poésie, je laissais les poèmes écrits à la main s'accumuler dans un tiroir. Je travaillais sur certains, les tapant avec quatre doigts, les révisant, puis les retapant. De temps en temps, j'étalais les poèmes dactylographiés sur le sol – comme le fait Jo avec ses pages dans le film *Little Women* (*Les Quatre Filles du docteur March*) – et je les réorganisais, en ajoutais, en rejetais et y réfléchissais.

Il en a été de même pour les poèmes de *Dearly*. Écrits à la main, mis dans un tiroir, tapés, retravaillés. Ces poèmes ont été écrits entre 2008 et 2019. Durant ces onze années, les choses se sont assombries dans le monde. J'ai également vieilli. Des personnes très proches de moi sont mortes.

La poésie prend pour thèmes tout ce qui se situe au cœur de l'existence humaine : la vie, la mort, le renouveau, le changement ; ainsi que l'équité et l'iniquité, l'injustice et parfois la justice.

Le monde dans toute sa diversité. Le temps qu'il fait. Le temps qui passe. La tristesse. La joie.

Et les oiseaux. Il y a davantage d'oiseaux dans ces poèmes qu'il n'y en avait auparavant. Je souhaite qu'il y ait encore plus d'oiseaux dans le prochain recueil de poèmes, s'il en est un ; et je souhaite aussi qu'il y ait plus d'oiseaux dans le monde.

Nous l'espérons tous.

Margaret Atwood

Pour Graeme, in absentia

I.

POÈMES TARDIFS

Voici des poèmes tardifs.
La plupart des poèmes arrivent tard,
bien sûr : trop tard,
comme une lettre envoyée par un marin
qui arrive après qu'il s'est noyé.

Trop tard pour être utiles, de telles lettres,
et il en va de même pour les poèmes tardifs.
Ils arrivent comme apportés par l'eau.

Quoi qu'il en soit, c'est déjà fait :
la bataille, le jour ensoleillé et joyeux, la chute dans
  la luxure
au clair de lune, les mots d'adieu. Le poème
s'échoue sur le rivage comme une épave.

Ou en retard, comme *En retard pour le dîner*.
On a presque tout mangé.
Des mots comme *détresse* et *défaite*,
comme *s'attarder* et *s'éterniser*,

des mots comme *canaille* et *désespéré*,
et *amour*, *mort*, *joie* : de vieux os trois fois rongés.
Sorts rouillés. Chœurs usés.

Il est tard, il est très tard ;
trop tard pour danser.
Mais chante quand même ce que tu peux.
Allume la lumière : chante,
chante : Allez.

CHAT FANTÔME

Les chats aussi souffrent de démence. Le saviez-vous ?
Le nôtre en souffrait. Pas le noir, assez intelligent
pour jouer au névrosé et échapper au vétérinaire.
L'autre, le manchon fourrure, la petite peluche.
Elle se tortillait sur le trottoir
pour des piétons rencontrés par hasard, caressant
leurs pantalons, mais pas quand elle a commencé
  à perdre
ce qui aurait pu être son esprit. La nuit, elle rôdait
dans la cuisine, mangeant un morceau
de tomate par-ci, une pêche mûre par-là,
une croustille, une poire ramollie.
C'est ce que je suis censée manger ?
Je suppose que non. Mais quoi ? Mais où ?
Puis elle montait l'escalier, les pattes comme
  des papillons de nuit,
avec des yeux de chouette, gémissant
comme un petit train à vapeur poilu : *O-woui !*
  O-woui !
Tellement perdue et désorientée. *O, qui ?*

Griffant à la porte de la chambre
qui lui est résolument fermée. *Laissez-moi entrer,*
prenez-moi, dites-moi qui j'étais.
Inutile. Pas de ronronnement. Pas de contentement.
  Allez ouste
dans la grotte obscure de la salle à manger,
puis dedans, puis dehors, désemparée.
Et quand j'en serai là, recouverte de fourrure,
  me mettant à hurler,
grattant aux portes de vos oreilles :
peu importe qui je prétends être
ou combien je vous aime,
tournez la clé. Barrez la fenêtre.

SEL

Les choses étaient-elles bonnes alors ?
Oui. Elles étaient bonnes.
Le savais-tu qu'elles étaient bonnes ?
À l'époque ? À ton époque ?

Non, parce que je m'inquiétais
ou peut-être j'avais faim
ou j'étais endormie, la moitié du temps.
Parfois, il y avait une poire ou une prune
ou une tasse avec quelque chose dedans,
ou un rideau blanc, ondulant.
C'était joyeux.
Ou alors une main.
Imaginez : lumière tamisée,
tente orientale,
canopée, beauté, plénitude,
corps lovés et chéris,
effervescences, puis plus rien.

Mirages, à vous de décider.
Tout, jamais.
Bien que par-dessus ton épaule, le voici,
ton propre temps disposé comme un pique-nique
au soleil, toujours rayonnant
bien que ce soit la nuit.

Ne regardez pas derrière vous, disent-ils :
Vous transformerez tout en sel.
Mais pourquoi pas ? Pourquoi ne pas regarder ?
N'est-ce pas scintillant ?
N'est-ce pas joli, là derrière soi ?

PASSEPORTS

Nous les conservons, comme nous conservons
  ces boucles
issues des premières coupes de cheveux de nos
  enfants, ou d'amoureux
tombés trop tôt. Voici

tous les miens, en sécurité dans un dossier,
  aux angles
coupés, chaque page estampillée
de voyages dont je me souviens à peine.

Pourquoi est-ce que j'errais de là à là-bas
puis là-bas ? Dieu seul le sait.
Et le cortège de photos, fantômes

prétendant prouver que j'étais moi :
les visages, disques grisâtres, les yeux de poisson
piégés dans le déclenchement programmé du flash

avec le regard, aussi maussade qu'une citrouille
   d'Halloween,
d'une femme qui vient d'être arrêtée.
Séquencées, ces photos sont comme un tableau

des phases de la lune s'estompant jusqu'au
   black-out ; ou
comme une sirène condamnée à apparaître
   sur la terre ferme
tous les cinq ans, et chaque fois changée

en quelque chose d'un peu plus mort :
la peau qui se flétrit au contact de l'air brûlant,
les cheveux châtains qui s'éclaircissent en séchant,
maudite qu'elle sourie ou qu'elle pleure.

BLIZZARD

Ma mère, endormie.
Recroquevillée comme une fougère au printemps
bien qu'elle ait près d'un siècle.

Je parle dans son oreille la plus haute,
celle qui s'élève comme une pierre ridée
au-dessus des collines d'oreillers :

Bonjour ! Bonjour !
Mais elle fait preuve d'une résistance obstinée
au réveil.

Elle est trop profonde, une plongeuse
descendue dans de dangereuses cavernes :
c'est le vide, là-dedans.

Cependant, elle rêve.
Je peux le voir à la façon dont elle fronce les sourcils,
et à sa forte respiration.

Peut-être fait-elle son chemin
en aval d'une autre rivière blanche,
ou bien marche-t-elle sur la glace.

Il n'y a plus d'aventures pour elle
en surface, dans cette pièce
avec son lit et les photos de famille.

Sortons et combattons la tempête,
disait-elle. Alors peut-être
est-elle en train de la combattre.

Pendant ce temps, je regarde une araignée
qui trace son chemin au plafond,
petite messagère de poussière.

L'horloge fait tic-tac et le jour se ratatine.
Le crépuscule se pose sur nous.
Combien de temps dois-je rester ?

Je pose ma main sur le front de ma mère,
caresse ses cheveux fins.
Comme elle était grande avant,

comme nous avons tous rétréci.
Il est temps pour elle d'aller plus loin,
Dans le doux blizzard qui l'attend,

à la fois sombre et clair, comme la neige.
Pourquoi ne puis-je la lâcher ?
Pourquoi ne puis-je la laisser partir ?

NOIX DE COCO

Il y avait plus de choses à acheter juste
  après la guerre.
Les oranges ont fait leur retour
et le noir et blanc est devenu arc-en-ciel.
Pas encore d'avocats,

bien que soudainement, dans la marée basse
de l'hiver, dans notre cave,
une noix de coco se soit matérialisée
comme le sein rond, dur et poilu
d'un sasquatch en bois.

Pourquoi la cave ?
C'est là que se trouvait la hache.

D'abord nous avons enfoncé un clou
dans chacun des trois yeux mous
et nous avons vidé l'eau doucereuse.
Puis nous avons posé le globe sur un bloc
et nous l'avons éclaté.

Les morceaux ont été projetés sur le sol,
qui n'était pas propre à l'époque,
à l'ère du charbon et des cendres.

Premier goût d'ambroisie pure !
Bien que mélangée aux cendres et aux éclats
de destruction
comme le Ciel l'est toujours, si vous lisez
attentivement les textes.

SOUVENIRS

On s'en va, on rapporte des choses
de ce rivage lunaire lointain
où on ne peut pas obtenir les mêmes pilules qu'ici,
ni le dentifrice, ni la bière locale.
Nous offrons ces choses étrangères,
celles que nous avons achetées sur les étals :
tricots folkloriques, drôles d'objets,
trolls en bois. Coquillages, morceaux de roche.
Ils encombrent nos bagages.
Ce sont des petits cadeaux pour nos amis,
des souvenirs.

Mais qui doit se souvenir de quoi ?
C'est un joli chapeau de chat, mais tu n'y es
  jamais allé.
Je me souviens l'avoir acheté,
tu te souviens qu'à une époque je
m'en souvenais : je me suis souvenue de
quelque chose pour toi.
C'était une journée ensoleillée,

mais sans air. Les enfants avaient de petites têtes
et les cheveux roux.

J'apparais dans les rêves des autres
beaucoup plus souvent qu'auparavant.
Parfois nue, disent-ils,
ou en train de cuisiner : il semble que je cuisine
  beaucoup.
Parfois, en vieux chien
portant une lettre enroulée
en dents de scie, adressée à : *Bientôt.*
Parfois, en squelette
vêtu d'une robe de satin rose.
J'apparais toujours pour une raison donnée,
ainsi que le disent ceux qui me rapportent leurs rêves ;
je ne le saurai jamais.

Voici ce que j'ai rapporté pour toi
de cette vie paradisiaque, du rivage lunaire lointain,
de l'endroit sans horloge.
Cela n'a pas de couleur, mais des pouvoirs,
bien que je ne sache pas lesquels.
Ni comment ça se déverrouille.

Tiens, c'est à toi maintenant.
Souviens-toi de moi.

LA FEMME DE FER-BLANC SE FAIT MASSER

Sur le drap de protection
dans la position d'un cadavre qui flotte,
face vers le bas. Les mains descendent,
ignorent la peau,
le xylophone de la colonne vertébrale,
évitent les taches et les lobes,
se dirigent vers les tissus profonds,

s'attaquent aux petites charnières
qui craquent comme de minuscules grenouilles –
font sonner les cordes des boyaux
des tendons raides et meurtris.

Comme je suis rouillée,
comme je suis verrouillée, oxydée.
Vieille boîte de haricots cuits,
La Femme de fer-blanc abandonnée sous la pluie.
Le mouvement est synonyme de douleur.
Combien corrodée.

Qui donc avait l'habitude de se plaindre
de n'avoir pas de cerveau ?
Un gars, genre d'épouvantail en tissu.

Chez moi, c'est le cœur :
c'est cette partie qui manque.
Avant, j'en voulais un :
un délicat coussin de soie rouge
suspendu à un ruban de sang,
où on enfonce des épingles.
Mais j'ai changé d'avis.
Avoir un cœur fait mal.

S'IL N'Y AVAIT PAS DE VIDE

S'il n'y avait pas de vide, il n'y aurait pas de vie.
Pensez-y.
Voyez ces électrons, ces particules, tout ce bazar,
entassés les uns à côté des autres comme de la
camelote dans un grenier,
comme des déchets dans un compacteur
écrasés en un bloc plat,
donc il n'y a rien d'autre que du plasma :
pas de toi ni de moi.

C'est pourquoi je fais l'éloge du vide.
Parcelles vacantes avec leurs plastiques gonflés
et leurs chardons,
maisons vides, avec leurs genêts de poussière,
regards vides, bleus comme le ciel à travers les
fenêtres.
Motels avec le mot « Vacancy »
clignotant à l'extérieur, le néon rouge d'une flèche
de direction,

direction du chemin à suivre
jusqu'à la réception lourde d'ennui, jusqu'à la clé
en forme de clé
qui pendouille sur le porte-clés en cuir marron,

la clé qui ouvre la chambre vacante
avec son linoléum maculé et jaune comme un fond
d'œil malade
son canapé fleuri et ses coussins fanés
son lit affaissé, sentant l'eau de Javel et le moisi
sa radio qui bégaie
son cendrier qui était là
il y a soixante-dix ans.

Cette pièce est restée immobile pour moi pendant
si longtemps :
un vide   une vacance   un silence
contenant une histoire inouïe
prête à être déverrouillée :

Qu'il y ait une intrigue.

II.

LEÇON DE SANTÉ (1953)

Mesdemoiselles ! Mesdemoiselles !
  Mesdemoiselles !
Du calme !
Ce n'est pas la foire d'empoigne !
C'est une salle de classe.
Aujourd'hui, nous allons parler du Sang.
Silence s'il vous plaît !

Vous pensez que je ne peux pas vous voir d'ici ?
Je connais vos ruses et vos insolences,
je connais vos chuchotements,
je sais où vous préféreriez être
et je sais vos postures préférées,
toutes vos provocations.

Vous aimez vous dire que je suis drôle
mais je vous effraie :
moi qui étais autrefois de la gélatine rose
je suis maintenant une lune grise et froide

dans l'attente de votre avenir.
Vous aurez alors besoin de moi.

Je tournerai ma face osseuse vers vous.
Je donnerai une lumière sèche.

UNE TOILE DE GENRE

Voici les tulipes,
en bouton ou épanouies,
leurs flétrissures et leurs chutes, leurs brillances
et leurs poses,
le satin de leurs ténèbres.

Voici les serviettes en lin,
texture et froissement,
la façon dont elles absorbent la lumière
de la bougie qui décline,
les bleus clairs de leurs ombres.

Voici les lapins dépouillés
suspendus à des cordes
ouverts jusqu'au muscle, jusqu'au cartilage brillant,
jusqu'à la chair crue que l'on peut sentir :
rouille chaude, eau des marais.

Voici la femme qui travaille au couteau
parmi les oignons et les entrailles,

les manches retroussées, tachées.
Elle porte sur nous un regard oblique :
elle sait ce que mangent les corps.

C'est son travail ou sa prière,
sa grâce, son offrande :
ces panses et ces pétales mourants,
la bougie qui s'épanche.

VÊTEMENTS DE PRINCESSE

i.

Trop de gens parlent de ce qu'elle devrait porter
pour être à la mode, ou du moins
pour ne pas être tuée.

Des femmes ont emménagé à côté
habillées avec des morceaux de tissu
qui ne font pas l'unanimité.

Elles donnent le mauvais exemple.
Allez chercher des pierres.

ii.

La fourrure est également un problème :
la sienne et celle d'animaux.
Le monde a failli être dépouillé de plumes,
tout cela à cause de coiffures.

C'était pour quoi, mon amour,
cette arnaque faite aux oiseaux ?
Autrefois, il n'y avait rien qu'elle n'eût fait
pour se rendre séduisante.
Tant d'objets attachés à sa tête :
rubans et bateaux, tous bouclés.

Maintenant son torse repose dans le fossé
comme un gant perdu, comme un livre jeté
la plupart du temps non raconté. Non lu.
Dans le haut palais des mots, une princesse de moins.

iii.

Oh, méfiez-vous !
découvrez vos cheveux
ou bien ils mettront le feu à votre château.
Attendez une minute : Couvrez-les !
Les cheveux. C'est tellement controversé.

iv.

Quant aux pieds, ils ont toujours posé un problème.
Orteils, talons et chevilles
sont à tour de rôle obscènes.
De petites pantoufles de verre, pour mieux
chanceler.

Beaucoup de choses que vous n'avez pas souhaitées
arrivent sous le déguisement de fleurs.
Pieds de lotus, pétales
os brisés.

v.

Lainage porté très près du corps
c'était autrefois un décret de l'armée.
En pleine bataille, il est difficile de prendre une douche.
La laine éloignait les microbes et ne puait pas,
ou pas autant. C'était ça, la théorie.
Et voilà : du cachemire !
Mais pour les aisselles, inconvénients : humides comme l'aine,
même en rose :
pas très féminin.

vi.

Le coton, par contre,
produisait un crissement. C'est toujours le cas.
Évitez d'en porter lorsque vous faites des enregistrements.
Vous ne voulez pas qu'il perturbe la voix fantôme
de vous-même, que vous laissez derrière vous dans les airs.

vii.

La soie, cependant,
est ce qu'il y a de mieux pour les linceuls.
C'est de là qu'elle vient, la soie :
ces sept voiles dont s'enveloppent les vers à soie,
dans l'espoir de devenir papillons.
Ensuite on les fait bouillir, puis on les déroule.

C'est ce que tu espérais aussi, n'est-ce pas ?
Un envol, au-delà de la mort ?
Après le linceul, tu t'élèverais,
ailes délicates et tout et tout. Oh, ma chérie,
ce ne sera pas comme ça.
Pas tout à fait.

CIGALES

Enfin, après neuf années passées
à forer l'obscurité
elle s'extrait de son enveloppe cannelée
et libère le cri persistant du désir :

la note perçante d'un marteau-piqueur,
qui vibre comme un éclair au ralenti,
divisant l'air,
et laisse une odeur calcinée de papier goudronné.

Ce-jour dit-elle *Ce-jour* dit-elle *Ce-jour*
agrippée avec six pattes griffues
et tout près, une femelle comme une oreille flétrie,
une feuille tombée, brune et nervurée,
frissonne à l'unisson et se rapproche.

Ça y est, le temps presse, la mort est proche, mais
surtout
surtout, surtout, surtout
sous le soleil brûlant, brûlant, toute la journée,

par un mois qui n’a pas de nom :
ce bruissement d’amour agaçant. Ce vacarme
exaspérant.
Ce chant – admettez-le.

LE SEXE À DOUBLE ENTRÉE DE LA LIMACE

Si nous pouvions nous reproduire par des bourgeons
ou par des spores, il n'y aurait pas tous ces duels.

Ou si chacun pouvait faire pivoter un
organe identique dans l'oreille de l'autre
tandis que tous deux tournoieraient en l'air
suspendus à une corde scintillante
de larmes et de colle, comme une acrobatie aérienne
de funambules,

ça marcherait bien. C'est le cas pour les limaces :
Regardez ces œufs nacrés !

(À l'avenir, davantage de laitues en dentelle.)

À moins que tous deux restent coincés.
Ça aussi, ça peut arriver.

On ne peut rien y faire, si ce n'est mastiquer
le pénis. Et alors, les humains ?

Si c'était le vôtre ? Imaginez :

La conversation après l'acte : L'apophallation.

À mon tour ! Tu as mordu le mien, la dernière fois.

Dépêche-toi, sinon on y passera la nuit,
Proies faciles pour les prédateurs.

Je m'en fiche ! Et je ne veux pas vivre !
Tu ne m'as jamais aimé !
Tu n'aimais que mon oreille !

Au petit matin, quelque chose doit plier.
Ou quelqu'un. Quelqu'un
doit plier. Ça ne fait pas un pli.
C'est ainsi que nous continuons.

LA VIE SEXUELLE DES AUTRES

La vie sexuelle des autres semble tellement
  improbable.
Sûrement pas, pensons-nous :
Sûrement pas ceci dans cela !
Pas une bouche si sale
et de si mauvaises dents !
Ces pruneaux cuits, ces carottes !

S'il vous plaît, n'enlevez pas vos vêtements.
Ils ne sont pas là pour rien :
pour vous sauver de vous-même,
de votre propre voyeur.

Personne ne ressemble à une star de cinéma
pas même les stars de cinéma
pendant leurs jours de congé,
qui se promènent dans la rue
à la recherche d'aliments décents
et d'anonymat, sans grand espoir.

Personne, sauf pour eux-mêmes
dans leur propre tête quand ils sont ivres,
ou s'ils sont narcissiques, quand ils sont sobres.

Ou lorsqu'ils sont amoureux. Oh oui, *amoureux*,
ce chapiteau de cirque rose-rouge dément
dont la demi-lumière épargne tout ce qui est visuel,
couvre nos amants d'une feuille de vigne,
et adoucit notre propre cerveau
et la douleur de nos dégringolades.

C'est tellement tentant, ce pseudo-arceau de faux
marbre,
style à la fois forain et classique –
si grec, si Barnum,
un tel phare,
avec une enseigne en néon rose :

L'amour ! Par ici !
Entrez.

TRAHISON

Lorsque vous tombez sur votre amant et votre amie
nus dans votre lit ou dessus
il y a des choses qui peuvent être dites.

Adieu n'en fait pas partie.
Vous ne refermerez jamais cette porte
  maladroitement ouverte,
ils seront coincés dans cette pièce pour toujours.

Mais fallait-il qu'ils soient si nus ?
Tellement sans grâce ?
Comme pataugeant dans une flaque de printemps ?

Les jambes trop maigres, la taille trop épaisse,
un peu de plaxmol par-ci par-là,
des touffes de cheveux…

Oui, c'était une trahison,
mais pas de vous.
Seulement de l'idée que vous vous faisiez

de ces deux-là, dans une lumière douce et mystique,
avec ces flocons de neige voltigeant
et ce coucher de soleil rose de décembre –

pas ce flash maladroit,
cette chair déballée,
pris dans la sidération de votre regard.

FRIDA KAHLO, SAN MIGUEL, MERCREDI DES CENDRES

Tu as disparu il y a si longtemps
mais ici, dans la boutique de souvenirs,
tu es partout :
sacs en coton imprimés, boîtes en fer-blanc percées,
T-shirts rouges, croix en perles :
tes tresses enroulées, ton fier regard,
ton corps de cerf ou de martyr.

C'est à cette image que vous pourrez ressembler
si votre fin est suffisamment étrange
et ardente, et qu'elle comprenne beaucoup de douleur.
La corde du pendu porte chance ;
les saints se balancent tête en bas
ou offrent leur poitrine sur un plateau
et nous les portons, nous les invoquons,
nous les tenons entre notre chair et le danger.

Feux d'artifice, deux rues plus loin.
Quelque chose brûle quelque part,
ou a brûlé, jadis.

Un voile de soie déchiré, une lettre jaunie :
Là je me meurs.
L'amour servi en brochette,
le cœur en flammes.
Nous te respirons, fumée légère,
le deuil en forme de cendres.

Hier, les enfants ont écrasé
leurs coquilles d'œufs sur la tête des autres,
les baptisant de paillettes.

Des éclats de projectiles jonchent le parc
comme les ailes de papillons écrasés,
comme du sable, comme des confettis :
azur, soleil couchant, sang,
tes couleurs.

CASSANDRE REFUSE SON DON

Et si je ne voulais pas de tout cela –
ce qu'il a prophétisé que je pourrais faire
tout en ne faisant rien de ma vie
et rendant mon nom célèbre à jamais ?
Teindre mes cheveux en noir, faire des piercings
  sur mon visage,
cracher une putain d'énergie,
approche, contact, coups de pieds.
Me vautrant dans une gloire éblouissante.

Et si je disais Non Merci
à M. Dieu Musicien,
au sexe en échange de faveurs ?
Et si je ne bougeais pas d'ici ?
De ma ville natale qui se rétrécit ?
(Et qui plus tard sera incendiée.)
À penser d'abord aux autres
et sans homme, et pitoyable ?
J'aurais un sac à main en cuir bleu foncé,
et des cadeaux en coton au crochet

– chapeaux de poupées, housses pour rouleaux
  de papier-toilette –
que mes nièces jetteraient plus tard.
Je pourrais alors pleurer sur mon échec,
pâle, apathique, mineure.

Au moins, je ne serais pas impertinente,
comme une jeune fille au bouclier, comme un
  garde-boue.
Au moins, je ne serais pas impétueuse
et vue vivante pour la dernière fois
ce jour-là, à la mi-novembre,
à la station-service, frissonnante, faisant du stop,
au crépuscule, juste avant

OMBRE

Quelqu'un veut votre corps.

C'est quoi, l'affaire ?
Mendier, emprunter, acheter ou voler ?
Caniveau ou piédestal ?
C'est comme ça avec les corps
lorsque quelqu'un les veut.

Quelle en est pour vous la valeur ?
Une rose, un diamant,
un million, une blague, un verre ?
L'illusion que celui-là vous aime ?

Vous pourriez l'offrir, ce corps,
puisque vous êtes une créature généreuse,
ou bien vous évanouir et vous le laisser ravir
et vous ne le sauriez jamais.

Embrassez-le dans un adieu, ce corps
qui était autrefois le vôtre.

Il est en ordre de marche et fonctionne de travers,
il est roulé dans des fourrures, il danse
ou se vide de son sang dans un pré.

De toute façon, vous n'en aviez pas besoin,
il attirait trop l'attention.
C'est mieux d'avoir seulement une ombre.

Quelqu'un veut votre ombre.

CHANSONS POUR DES SŒURS ASSASSINÉES

Un cycle pour baryton

1. CHAISE VIDE

Ma sœur, elle était
Une chaise vide désormais

Elle n'est plus,
N'existe plus

Maintenant elle est néant
Elle est de l'air maintenant

2. ENCHANTEMENT

Si c'était une histoire
Que je racontais à ma sœur

Un troll de la montagne
L'aurait volée

Ou bien alors un magicien tordu
L'aurait transformée en pierre

Ou l'aurait enfermée dans une tour
Ou la cacherait au plus profond d'une fleur dorée

Il me faudrait voyager
À l'ouest de la lune, à l'est du soleil

Pour trouver la réponse ;
Je formulerais des paroles magiques

Et elle serait là, debout
Vivante et heureuse, n'ayant subi aucun mal

Mais ce n'est pas une histoire.
Pas ce genre d'histoire…

3. COLÈRE

La colère est rouge
La couleur du sang répandu

Il n'était que colère,
L'homme que vous avez tenté d'aimer

Vous avez ouvert la porte
Et la mort se tenait là

Mort rouge, colère rouge
Colère contre vous

D'être si vivante
Et non détruite par la peur

Que veux-tu ? avez-vous dit.
Rouge fut la réponse.

4. RÊVE

Quand je dors, tu apparais
Je suis alors une enfant
Et tu es jeune et tu es toujours ma sœur

Et c'est l'été ;
Je ne sais rien de l'avenir,
Pas dans mon rêve

Je m'en vais, me dis-tu
Pour un long voyage.
Je dois m'en aller.

Non, reste, je t'appelle
Tandis que tu deviens plus petite :
Reste ici avec moi et joue !

Mais soudain je suis plus âgée
Et il fait froid et il n'y a pas de lune
Et c'est l'hiver…

5. ÂME D'OISEAU

Si les oiseaux sont des âmes humaines
Quel oiseau es-tu ?
Un oiseau de printemps au chant joyeux ?
De haut vol ?

Es-tu un oiseau du soir
Qui regarde la lune
Qui chante Seul, Seul,
Qui chante Mort prématurée ?

Es-tu un hibou,
Prédateur aux douces plumes ?
Chasses-tu, chasses-tu sans relâche
L'âme de ton meurtrier ?

Je sais que tu n'es pas un oiseau,
Même si je sais que tu t'es envolée

Si loin, si loin…
J'ai besoin de te savoir quelque part…

6. PERDUES

Tant de sœurs perdues
Perdues, tant de sœurs

Au fil des années, de ces milliers d'années
Tant d'elles, au loin, envoyées

Trop tôt dans l'obscurité
Par des hommes qui pensaient agir en toute légalité

Rage et haine
Jalousie et peur

Tuées, tant de sœurs
Au fil des années, de ces milliers d'années

Tuées par des hommes apeurés
Qui voulaient être plus grands

Au fil des années, de ces milliers d'années
Tant de sœurs perdues

Tant de larmes répandues…

7. RAGE

Je suis arrivée trop tard,
Trop tard pour te sauver.

Je ressens la rage et la douleur
De mes propres doigts,

De mes propres mains
J'entends la rouge injonction

De tuer l'homme qui t'a tuée :
Ce ne serait que justice :

Lui entravé, lui jamais plus,
En pièces au plancher,

Lui brisé.
Pourquoi serait-il encore ici

Et pas toi ?
C'est ça que tu souhaites que je fasse,

Fantôme de ma sœur ?
Ou bien le laisserais-tu exister ?

Choisirais-tu plutôt de pardonner ?

CODA : CHANSON

Si tu étais une chanson
Quelle chanson serais-tu ?

Serais-tu la voix qui chante,
Serais-tu la musique ?

Quand je chante cette chanson pour toi
Tu n'es pas la vacuité de l'air

Tu es ici,
Un souffle et puis un autre :

Tu es ici avec moi…

LES ÊTRES CHERS

Mais où sont-ils ? Ils ne peuvent être nulle part.
Avant, les gitans les emportaient.
Ou bien alors les Petites Gens,

qui n'étaient pas petits, bien que séduisants.
Ils ont été attirés sur une colline,
ces êtres chers. Il y avait de l'or, et de la danse.

Ils auraient dû rentrer à neuf heures.
Vous avez téléphoné. Les horloges sonnaient
comme de la glace, comme du métal, sans cœur.

Une semaine, deux semaines : rien.
Sept années ont passé. Non, une vingtaine.
Non, une centaine. Ajoutez-en encore.

Quand ils ont finalement réapparu
sans une ride de plus
errant en guenilles sur la route

pieds nus, les cheveux embroussaillés,
ceux qui les avaient attendus si longtemps
étaient morts depuis des décennies.

C'était le genre d'histoires que nous avions
  l'habitude
de raconter. D'une certaine manière, elles étaient
  réconfortantes
parce qu'elles disaient

tout le monde doit bien être quelque part.
Mais ceux qui nous sont chers, où sont-ils ?
Où ? Où ? Après un certain temps

Tu parles comme un oiseau.
Tu t'arrêtes, mais le chagrin appelle encore.
Il te quitte et s'envole

sur les champs froids de la nuit,
cherchant et cherchant encore,
sur les rivières,
sur l'air dénudé.

DÉTERRER LES SCYTHES

Ils déterrent les Scythes –
les cavaliers endurcis, les filles aux flèches,
les étincelants, tatoués jusqu'aux aisselles
avec des animaux enroulés, et enterrés avec leurs
armes –

qui n'étaient pas mythiques,
qui, après tout, ont vraiment existé
(bracelet, petit ornement, crâne délicat),
mis en terre avec honneur,
eux et leurs chevaux abattus à la hache.

Ils déterrent les jeunes filles aux boucliers
qui erraient sans ville, puis dormaient sans s'être
coulées
dans les seules maisons qu'ils aient jamais eues :
pièces et tombes en rondins, profondément enfouies.
Gelés depuis deux mille ans,
eux et leurs broderies,
leurs soies et leurs cuirs, leurs plumes,

les os de leurs bras hachés, leurs doigts cassés,
leurs têtes tranchées.
À quoi vous attendiez-vous ? C'était la guerre
et ils savaient ce qui arrivait si vous perdiez :
viol, mort, mort, viol,
aussi brutal que possible, pour donner le mauvais
exemple :
bébés et jeunes mères,
filles et garçons, tous massacrés.
C'est ainsi que ça s'est passé : un effacement sans
appel.
C'est pourquoi ils se sont battus.
(Et pour le butin, en cas de victoire.)

Les voilà, les sans-nom,
qui sont encore d'une certaine manière avec nous.
Ils ont su ce qui s'est passé.
Ils savent ce qui se passe.

III.

CHAMPIGNONS DE SEPTEMBRE

Je les ai encore manqués cette année.
J'étais plongée ailleurs
quand le temps s'est dégradé
et qu'il a plu suffisamment.

Dans l'ombre des arbres, furtivement,
ils ont pointé le bout de leur nez, perçant le limon
  sableux
et la couche des feuilles humides –

un éclat de couleur, puis un autre –
apportant leurs nouvelles cryptiques
de ce qui se passe dans les profondeurs :
la lente dissolution du lignum,
les filaments, les nœuds minuscules comme des
  poings,
qui assemblent leurs filets de brumes.

Certains étaient rouge vif, d'autres violets,
certains bruns, d'autres blancs, d'autres encore
  jaune citron.

Pendant la nuit, ils ont joué des coudes,
se déroulant comme des éventails humides, comme
des éponges,
comme des antennes de radar, à l'écoute.

Qu'ont-ils perçu de notre monde humain
de ce qu'on appelle lumière et air ?
Quelle parole ont-ils renvoyée là-bas
avant qu'ils ne flétrissent ?
Était-ce *Prudence* ?

Regardez : ces débris :
un globe de cuir aux spores poussiéreuses,
un galet de lune grignoté,
une demi-sphère séchée,
une oreille noircie.

CITROUILLES D'HALLOWEEN SCULPTÉES

Elles sont là chaque année,
formes rondes et étourdies,
sur le seuil de nos portes, nos porches,
avec leur esprit plein de vide
mais rougeoyant, avec leurs regards vacants
qui expriment joie ou menace.

Nous les avons sculptées à notre propre image :
rusées, mais innocentes,
pas totalement ; enfin, c'est ce qu'on dit.
Boute-en-train à une fête
Jusqu'à ce que ça dégénère.

Leurs dents sont particulières,
leurs trous de nez, orbites,
bien que, comme nous,
elles-mêmes ne soient pas encore des crânes.

Brillez, messagers orange !
Alertez les ténèbres !

Dites-nous la Mort : Pas d'urgence
Au moins, il y a une sorte de lumière.

Deux semaines, et les feuilles tomberont
et vous pourrirez.
Encore que vous reviendrez, comme la lune,
quand votre temps viendra de nouveau
et encore, et encore, sous la même forme :
après notre départ
le travail de nos couteaux nous survivra.

UN DRONE INSPECTE LES DÉCOMBRES

La fumée me monte aux yeux,
mes quinze yeux.
L'isolant en verre se consume.
Des langues roses viennent s'y coller.
De la barbe à papa carbonisée.

C'est moi qui ai fait cela ?

Un palmier décapité.
Les plafonds de la cathédrale, ouverts
aux étoiles, à la brutalité.
Que vénéraient-ils là-dedans ?
Les ventilateurs au-dessus de leurs têtes ?
Les traversins ? Le couvre-lit à nu ?

J'espionne.

Ils ont crié *Ô Dieu* aux oreillers.
Maintenant déchirés, plumes d'ange
voletant dans l'air.

Elles planent, plus lentement que moi.
Scrutez cette peinture faite avec le doigt. Rouge.
Encore humide, et qui se répand.

Ai dû rater quelque chose.

Mieux vaut faire des réglages.
Tenter d'ajuster un peu.
Attapat. Attatat. Attasis. Attaboom.
Précis cette fois. Rah.
Tout ce qui est sain et sauf équivaut à un échec.

Ai-je été mauvais ?

Les larmes coulent et coulent.
L'averse se met à tomber.

EN FLAMMES

Le monde brûle. Il a toujours brûlé.
La foudre frappait, la résine
des conifères explosait, la tourbe noire fumait,
les os grisonnants brillaient lentement, et les feuilles
 tombées
brunissaient et se tordaient comme du papier
au-dessus d'une bougie. C'est l'effluve de
 l'automne,
l'oxydation : vous pouvez le sentir sur votre peau,
ce parfum de coup de soleil.
                                        Seulement maintenant
il brûle plus vite. Tous ces fils
d'apocalypse rouge concoctée
à l'époque où nous jouions avec des allumettes –
les histoires ardentes, les tours troyennes
aperçues dans une cataracte de fumée, le délicat
mirage des volcans que nous avons mimés
avec un vif plaisir lorsque nous mettions
feu aux guimauves, exprès,

toutes ces épopées à la lente combustion
recouvertes d'anthracite, puis enterrées
sous des montagnes de granit, ou bien jetées
dans les profondeurs de la mer comme des djinns
dans des flacons en grès –

Tout, tout se réalise
parce que nous avons ouvert les scellés en plomb,
ignoré les signes d'avertissement,
et laissé les histoires s'échapper.
Il nous fallait savoir.
Il nous fallait savoir
comment ces récits se terminent en vrai :
et pourquoi.
Ils se terminent dans les flammes
Parce que c'est ce que nous voulons :
nous le voulons ainsi.

MISE AU POINT
SUR LES LOUPS-GAROUS

Dans le temps, tous les loups-garous étaient des mâles.
Ils faisaient éclater leurs blue-jeans
ainsi que leurs propres peaux fendues,
s'exhibaient dans les parcs,
hurlaient au clair de lune.
Toutes ces choses que font les bandes d'étudiants.

Ils ne se sont pas contentés de tirer les queues-de-
  cheval des filles –
grognant vers ces femelles roses qui se tortillaient
et pleuraient *Snif, snif*
snif jusqu'à l'os.
Eh bien quoi, ce n'était que du flirt,
avec un sens canin de la fête :
Regardez-la détaler, Jane !

Mais maintenant, c'est différent :
Ce n'est plus spécifiquement lié au genre.
Maintenant, c'est une menace globale.

Des femmes aux longues jambes sprintent dans des
ravins
vêtues de leggings fourrés, meute
de mannequins dans des tenues sado French Vogue
et des mémoires courtes traversées de courants d'air,
qui s'acharnent à faire des ravages en toute impunité.

Regardez leurs pattes cerclées de rouge !
Regardez ces pupilles qui vous dévorent !
Regardez l'auréole de leur étoffe
subversive éclairée de pleine lune !
Poilue de partout, cette belle dame,
et ce n'est pas un pull.

Ô liberté, liberté et pouvoir !
Chantent-elles en enjambant les ponts,
fesses au vent, en tranchant des gorges
au passage, faisant chier des courtiers.

Demain elles seront de retour
cadres intermédiaires en noir
aux chaussures Jimmy Choo
avec des heures dont elles ne peuvent pas rendre
compte
et le sang de leurs premiers rendez-vous sur les
escaliers.
Elles passeront quelques coups de fil : *Au revoir.*
Ce n'est pas toi le problème, c'est moi. Je ne sais
pas te dire pourquoi.
Elles auront des rêves de queues qui se dressent
lors des réunions commerciales,

au beau milieu du diaporama.
Elles auront les gueules de bois de leurs addictions
et des ongles abîmés.

ZOMBIE

« La poésie est le passé qui éclate en nos cœurs. »
Rilke

Et voilà : les zombies.
Vous vous en êtes toujours douté, n'est-ce pas ?
« La poésie est le passé
qui éclate en nos cœurs »
comme un virus, comme une infection.
Combien de poèmes écrits sur
un mort qui n'est pas mort,
un disparu semi-persistant,
qui pousse avidement
à travers la litière des feuilles mortes, les vieux
papiers,
et gratte à la fenêtre ?

Prenez l'amant d'autrefois
rencontré cinquante ans plus tard
dans la pénombre du foyer.
Comme il est diminué et taché !
M. Patate
avec les gommettes à coller en moins :

vous cherchez à vous souvenir.
Est-ce lui qui vous a léché le cou ?

Et le monstre maladroit de pâte à modeler
que vous avez fait à l'âge de quatre ans,
puis écrasé dans un accès de colère
dont les couleurs se sont mélangées :
il se présente sur le pas de votre porte
par une froide nuit de novembre,
avec la pluie qui susurre *sushi*
sushi, et la bouche
sans langue qui marmonne votre nom.

Reste mort ! Reste mort ! le conjurez-vous,
vous qui vouliez le retour du passé.
Rien à faire. La créature
déambule dans la sombre forêt,
monosyllabe rouge qui pleure,
mot barbouillé au goût de tristesse.
Maintenant il marmonne, pantelant
dans un brouillard nimbé de glace sèche
le long du couloir clinquant et surchargé
d'horloges gothiques, jusqu'au miroir.

La main sur votre épaule. La presque main :
La poésie, qui vous appelle.

LES EXTRATERRESTRES ARRIVENT

Neuf films de fin de soirée.

i.

Les extraterrestres arrivent.
Ils sont plus intelligents que nous, et carnivores.
Vous connaissez la suite.

ii.

Les extraterrestres arrivent
dans un brouillard, dans une fine bruine.
Ils veulent nous aider,
ou du moins c'est ce qu'on dit.
Puis il y a un pop, un grésillement.
C'était un complot ! Mais pourquoi ?
Quelques-uns d'entre nous sont laissés en vie
après leur départ.

iii.

Les extraterrestres arrivent.
Leur chef est une tête géante.
Elle vit dans un grand bocal en verre.
Elle veut nous hypnotiser,
Dieu sait pourquoi !
Oh, attendez une minute.
C’est une métaphore.

iv.

Les extraterrestres arrivent.
De leur capsule brille une lumière blanche,
qui prend la forme d’un ballon de football géant.
Sont-ils Dieu ?

v.

Les extraterrestres arrivent,
mais pas de la manière que vous pensez.
Ils se fraient un chemin à travers nos aisselles.
Il y a des cris, sans arrêt.
Les choses virent bien trop au rose.

vi.

Les extraterrestres arrivent
dans quelque chose qui ressemble à un enjoliveur.

En fait c'est un enjoliveur,
millésime dix-neuf cent cinquante-cinq.
C'est donc là que cette chose a fichu le camp !
Elle n'était pas dans le garage !
Tu as menti.

vii.

Les extraterrestres arrivent.
Ce sont des poulpes ultra-intelligents
qui parlent en taches d'encre.
Ils veulent que nous soyons gentils
entre nous,
dans le monde entier. Une grande première.
Ou sinon. Sinon quoi ?
Est-ce un signe d'espoir ?
Qu'en pensez-vous ?

viii.

Les extraterrestres arrivent.
Ils ont entendu parler du sexe chez les humains
mais n'y croient pas.
Au risque de leur vie
ils sont venus voir.
Ils envoient des espions
en forme d'yeux volants
qui épient à travers nos fenêtres.
Oh l'anthropologie !

L'horreur ! La surprise !
Quel spectacle !
Ça les rend presque malades !
Quel frisson !
Ils enlèvent une centaine d'humains
à travers une paille cosmique
et nous aspirent vers une autre planète
et nous mettent dans un zoo.
À moins que vous ne pratiquiez à la demande
on ne vous nourrit pas.
Ils disent l'équivalent de Ah et Ooo,
Haha aussi.
C'est terrible, ce que la faim nous fait faire.
C'est du sexe, du sexe, du sexe,
toutes les deux heures,
en alternance avec des sandwichs aux œufs et de
la bière.
Méfiez-vous de vos rêves, ils pourraient se réaliser.

ix.

Les extraterrestres arrivent.
Nous aimons le moment où nous sommes sauvés.
Nous aimons le moment où nous sommes détruits.
Pourquoi les deux se ressemblent tant ?
De toute façon, c'est une fin.
Plus de je sauve ma peau.
Plus de je fais semblant.

LA SIRÈNE COUVANT SES ŒUFS

Qu'ils sont bizarres, ces humains, à se demander
quelle chanson nous chantions
pour attirer tant de marins
à leur mort, oui d'accord,

mais de quelle sorte ? De mort,
je veux dire. Des serres d'oiseaux
enfoncées dans l'aine, une douleur déchirante, des
crocs
plantés dans le cou ? Ou bien un dernier souffle
d'extase, comme celui
des mantes religieuses mâles ?

Je suis assise ici sur mon nid
De vieilles cravates, de rapports
trimestriels et de shorts de jockey
mêlés aux os et aux stylos,
et j'ébouriffe ma poitrine et mes plumes. Faites
dodo,

mes mini-mythes, mes petits œufs affamés,
rêvant dans vos coquilles incandescentes
de notre secret de fillette bien gardé.
Maman est juste à côté
et papa a bien dû vous aimer :
il vous a donné toutes ses protéines !

L'éclosion est proche. Soyez forts !
Bientôt j'entendrai un toc-toc-toc, Ohé !
et vous allez éclore, mes bébés,
tout couverts de duvet, roses, et adorables
comme une pirouette, un bécot de rouge à lèvres,
une violette confite,
battant de vos ailes aux plumes effilées
et affamés de chants.

SIGNATURES ARACHNÉENNES

Heure par heure, j'appose mon sceau –
une tache, un point, une tache,
sémaphore blanc sur sol noir.

Merde d'araignée,
ce qui reste de ce que j'ai attiré :
pourquoi est-ce blanc ?
Parce que mon cœur est pur,
bien que je sois moi-même en retrait,

surtout sous la bibliothèque :
un bel endroit pour mes poches de soie,
mes mèches et mes filaments,
mes métiers à tisser, mes précieux berceaux.

J'ai toujours aimé les livres,
de préférence les livres de poche,
disloqués et mouchetés.
À leurs textes j'ajoute
mes annotations, dures et désordonnées :

ailes de mites, carapaces de scarabées, mes propres mues
comme des gants fusés.
Bonne comparaison : je suis principalement des doigts.

Pour autant je n'aime pas le sol.
Trop visible, j'avance recroquevillée, je file,
proie facile pour les chaussures et les aspirateurs,
sans parler des tapettes.

Si vous me croisez de façon inopinée
vous criez : Trop de jambes,
ou bien est-ce les huit yeux rouges,
la tache luisante de l'abdomen ?
Goutte de sang d'un pouce, raisin éclaté :
c'est ce que vous visez.

Bien que ça porte malheur de me tuer.
Il faut vous y faire :
avant que vous fussiez, moi je suis.
Je convoque la pluie,
Je prends grand soin

et tandis que vous dormez
je reste en suspens, aïeule première.
Je piège vos cauchemars dans mon filet,
mange pour vous les graines de vos peurs,
suce leur encre

et griffonne sur le rebord de votre fenêtre
ces minuscules brillances sur ce qui *est*, *est*, *est*,
des berceuses blanches.

À LA CONFÉRENCE DE TRADUCTION

Dans notre langue
nous n'avons pas de mots pour il ou elle
ou lui ou elle.
Il peut être utile de mettre une jupe ou une cravate
ou quelque chose de ce genre
sur la première page.

Dans le cas d'un viol, cela aide aussi
de connaître l'âge :
un enfant, une personne âgée ?
Nous pouvons ainsi donner le ton.

Nous n'avons pas non plus de temps au futur :
ce qui va se passer est déjà en train de se passer.
Mais vous pouvez ajouter un mot comme *Demain*
ou bien *Mercredi*.
Nous saurons ce que vous voulez dire.

Ces mots désignent des choses qui peuvent être
mangées.

Les choses qui ne peuvent pas être mangées n'ont pas de mots.
Pourquoi auriez-vous besoin d'un nom pour les désigner ?
Cela s'applique aux plantes, aux oiseaux,
et aux champignons utilisés dans les malédictions.

De ce côté-ci de la table
les femmes ne disent pas Non.
Il y a un mot pour dire Non, mais les femmes ne le disent pas.
Ce serait trop brusque.
Pour dire Non, vous pouvez dire Peut-être.
Vous serez compris,
dans la plupart des cas.

De ce côté-là de la table, il y a six catégories :
pas encore né, mort, vivant,
ce que vous pouvez boire, ce que vous ne pouvez pas boire,
ce qui ne peut pas être dit.

Est-ce un mot nouveau ou un mot ancien ?
Est-il obsolète ?
Est-il formel ou familier ?
Jusqu'à quel point est-il offensant ? Sur une échelle de un à dix ?
L'avez-vous inventé ?

Au bout de la table
juste à côté de la porte,

se trouvent ceux qui s'occupent des dangers.
S'ils traduisent le mauvais mot
ils pourraient être tués
ou du moins emprisonnés.
Il n'existe pas de liste pour de tels dangers.
Ils ne le découvriront qu'après,

quand cela n'aura peut-être plus d'importance pour
 eux
que ce soit la cravate ou la jupe
ou s'ils peuvent dire Non.
Dans les cafés, ils s'assoient dans les coins,
dos au mur.
Ce qui va se passer est déjà en train de se passer.

IV.

EN MARCHANT DANS LE BOIS DU FOU

En marchant dans le bois du fou
dans le chuchotis des feuilles mortes, jaunes et
  inquiètes
au début du printemps.

Le fou adorait ce coin
jadis, avant que son cerveau
ne fasse de la dentelle. Sans doute est-ce
lui qui (mais quand ?) a placé
cette pierre ronde ici, surmontant
ce carré moussu. *À moi.*
Et tous les couvercles
de boîtes de conserve et les planchettes en bois,
peints en rouge et cloués aux arbres
pour marquer sa ligne :
à moi, à moi, à moi, à moi.

Je ne devrais pas employer ce mot :
le fou. Peut-être *Simple d'esprit* ?
Non, parce que nous n'avons pas d'esprit

à proprement parler, mais seulement de minuscules
gribouillis,
des voies neurales, lucioles
de signalisation *non/oui/non*, suspendues
dans un nuage grisâtre
à l'intérieur d'un bol rond en os.
Oui : délicieux. *Non* : trop délaissé. *Oui*.
Le monde que nous pensons voir
n'est jamais que notre meilleure estimation.

Cela devait être sa cabane,
effondrée maintenant, où il devait – quoi donc ?
Y venir parfois et s'asseoir ? Hépatiques
grillées par le soleil,
touffes d'herbe de brosse à cheveux,
poêle renversé, poireaux sauvages
si luisants qu'ils en ont l'air mouillés,
bûche molle garnie de champignons.

Vous pourriez vous égarer ici, ou glisser ébahi
dans votre tête embrouillée. Vous pourriez
tout simplement ne pas revenir.

PLUME

Une à une, des poignées de plumes sont tombées.
Vent violent, soleil blême, chasse à l'effraie,
quelque tueur armé d'un fusil,

qui peut le dire ?
Mais je les ai trouvées ici, sur un semblant de
pelouse –
Je ne sais pas à qui appartient cette peau déchirée –

une calligraphie de plumes éparses,
les restes d'un dieu qui a fondu
trop près de la lune.

Jadis un grand voyageur,
comme nous l'étions tous.
Toute vie est une faillite

à la dernière heure,
l'heure du sang séché.
Mais nous préférons croire que rien

ne se perd, alors j'en ai pris une de ce carnage,
j'ai aiguisé et fendu la plume,
cherché de l'encre,

et dessiné ce poème
avec toi, oiseau mort.
Avec ton dernier vol,

avec ta panique qui s'estompe,
avec ton œil qui chute en spirale,
avec ta nuit.

SENSIBILISATION
À LA LUMIÈRE FATALE

Une grive s'est écrasée contre ma fenêtre :
une belle voix en moins
tuée par le verre, ce miroir –

magicien produisant une illusion d'arbres –
et par ma paresse :
Pourquoi n'y ai-je pas mis de croisillons ?

Là-haut dans l'air de la nuit
parmi les gratte-ciel, la musique meurt
tandis que vous allumez vos faux levers de soleil :
votre lumière est la dernière obscurité des oiseaux.

Partout, partout
leurs plumes tombent –
chaudes, pas comme de la neige –
bien qu'elles se fondent dans le néant.

Nous sommes une symphonie mourante.
Aucun oiseau ne le sait,
mais nous – nous savons

ce que produit notre magie nocturne.
Notre magie de lumière noire.

LA PEUR DES OISEAUX

Vous avez dit qu'il avait peur des oiseaux ?
Comment est-ce possible ?
Quelqu'un de si grand ?

Ce n'était pas l'augure.
Peut-être les voix métalliques,
l'or, l'argent, le zinc.

Un tintement, un cri, un raclement.
Ou le bruit de gouttes dans la forêt sèche.
Ploc. Ploc. Ploc. Ploc.
À ne pas confondre avec le chant.

Ou la folie des yeux en gros plan :
jaunes, rouges, pas plaisant.
À l'intérieur de ce crâne, vous n'êtes même pas une
pensée.

Des ailes en quelque sorte. Comme celles des
anges,

des anges avec des griffes.
C'est peut-être cela.

Un bruissement, comme du papier fin.
Puis des plumes sur le nez et la bouche.
Asphyxié. Un étouffement blanc.

Vous avez dit qu'il avait peur de la neige ?
C'est à peu près la même chose.

BRÈVES NOTATIONS SUR LES LOUPS

i.

Un loup dans la douleur
n'admet rien.
Son dîner l'a mordu.
C'était une erreur de calcul,
et désormais ce sera un désastre.

On ne va pas bien loin avec un pied déchiré :
chez les loups, pas de médecins.

ii.

Un loup est courtois mais jusqu'à un certain point.
Vous devez surveiller leurs oreilles.
Lorsqu'elles pointent vers l'avant, ils sont prêts à
  écouter.
Vers l'arrière, vous les avez ennuyés.

iii.

Asseyez-vous dans le noir. Gardez le silence.
N'allumez pas cette cigarette.
N'étalez pas de cette crème antimoustique.

Ce n'est pas un lieu de *speed dating*.
Ce n'est pas un zoo.
Vous voulez voir le loup
ou vous exigez d'être remboursé,
mais le loup ne veut pas vous voir.

iv.

Les cauchemars de loups impliquent des voitures,
de longues aiguilles, des muselières en fer,
des cages exiguës avec de durs barreaux,
des créatures qui ont la même odeur que vous.

Les rêves heureux des loups, par contre,
sont une taïga sans fin,
des tanières creusées sous les pierres,
des caribous boiteux et stupides,
leurs os tendres.

DRESSER LE COUVERT

Mettre les fourchettes,
petites pinces de crabe,
dents arrachées aux lions,

et les couteaux, incisives
des tigres que nous adorions autrefois,
n'ayant point d'outils qui nous soient propres
pour déchiqueter la viande crue.

Bien que nos feux de joie ne soient plus que
bougies
nous sommes dépendants des mêmes vieilles
divinités,
bien diminuées.

Elles ne nous parlent plus
mais ce n'est pas grave :
nous parlons suffisamment.

Alors, la Nature. Nous nous asseyons autour d'elle,
la mâchons jusqu'à la mettre en pièces
avec la technicité de nos crocs et de nos serres.

Quant aux cuillères :
il n'y a pas de cuillères dans la nature,
ou du moins pas sur les animaux.
Nous nous imitons nous-mêmes.

Laissez-moi vous aider :
deux mains en forme de coupe.

IMPROVISATION
SUR UN PREMIER VERS DE YEATS

Extrait de *Voix de chien* [*Hound Voice*]

Parce que nous aimons les collines dénudées et les arbres rabougris
nous nous dirigeons vers le nord, quand nous le pouvons,
au-delà de la taïga, de la toundra, du rivage rocheux, de la glace.

D'où vient-il, ce goût du clairsemé
qui est le nôtre ? Combien de temps
avons-nous parcouru ce paysage ingrat, apprenant par cœur
tout ce que nous savions jadis :
retourner la peau du côté de la fourrure,
s'associer aux loups, manger de la graisse, faire la chasse au gaspillage,
sculpter l'esprit, respecter la neige,
faire jaillir et garder la flamme ?

Tout avait une âme autrefois,
même cette palourde, ce caillou.

Chacun avait un nom secret.
Tout le monde écoutait.
Tout était réel,
mais tout ne vous aimait pas.
Vous deviez être prudent.

Nous aspirons à y retourner,
du moins c'est ce que l'on aimerait croire
quand il ne fait pas trop froid.
Nous aspirons à être vraiment attentifs.
Mais nous avons perdu le mode d'emploi ;
il y a aussi d'autres musiques.
Tout ce que nous entendons dans le plain-chant du vent
c'est le vent.

« AU CŒUR DE L'ARCTIQUE »

Notes de 2017

L'ours dans la roche
la roche dans l'ours
l'ours dans la roche
cela dépend de ta manière de voir

—

Une roche blanche à flanc de colline
devient un ours
lance une menace de crocs et de fourrure
quand tu ne regardes pas

c'est ainsi que les choses bougent.

Avant même que tu ne le saches, te voilà
transformé en pierre
parce qu'une pierre t'a mangé.

Bien qu'elle ait brisé ses défenses sur ton cœur
ton cœur de héron

plus dur et avec plus de dents
que tout ici.

—

Dans l'angle enfoncé de bris de roches décrochés
de la montagne
en bas, là où un ruisseau se fraie un chemin
deux créatures sur la mousse orange-vert :

une fleur pourpre, l'épilobe des rivières
que personne d'autre ne verra
à l'exception de cette abeille,

et un mégot de cigarette.

Une personne négligente est venue ici.
Rien ne s'en soucie.

—

Un lemming apparaît et disparaît rapidement.
Étincelle d'allumettes dans le carex.
Il ne sait pas qu'il est du feu.
Parti déjà parti.
Du coin de l'œil.

—

Tu dérives parmi ces roches géantes
comme un fantôme   le vent   un fantôme

comme un sac en plastique perdu
parcourant ces landes depuis trente ans
comme une membrane.

Vers les chutes d'eau vers les collines ridées vers
les galets
tu es translucide.

Dans l'eau du rivage, il y a une méduse
rose et rouge, et morte,
déjà en train de se dissoudre.

Mes chéris, vous qui avez choisi
vos vêtements de plein air avec tant de soin –
tout est assorti –
vous êtes comme ça.

—

Beaucoup ont entendu des voix
qu'ils croyaient être les voix des dieux
ou d'un seul dieu
leur disant quoi faire

ou un morceau de pierre
qui demande à devenir statue

ou un animal
qui vous offre sa vie,
vous dit de le tuer.

—

D’où vient la voix ?
Pourquoi seuls certains peuvent-ils l’entendre ?

Quel était cet oiseau que j’ai entendu gazouiller
Ce n’était pas la rivière ce n’était pas le froissement
de mon propre sac à dos
Ce n’était pas dans ma tête ?

Quel oiseau ? Où ? J’écoute, dit-il.

Mais il n’y a rien.

SUITE PLASTICÈNE

1. OBJET RESSEMBLANT À UN ROCHER SUR LA PLAGE

Le Paléocène l'Éocène
le Miocène le Pléistocène
et maintenant nous en sommes là : le Plasticène.

Regardez, un rocher composé de sable
et un autre de chaux, et un de quartz,
et un de qu'est-ce que c'est ?

Il est noir, rayé et glissant,
pas exactement de la pierre
et pas non plus le contraire.

Sur la plage en tout cas.
L'huile pétrifiée, avec une veine écarlate,
partie d'un seau peut-être.

Quand nous ne serons plus et que les extraterrestres
viendront
découvrir nos fossiles :
est-ce que ce seront des preuves ?

De nous : de notre trop brève histoire,
notre intelligence, notre inconscience,
notre soudaine disparition ?

2. FAIBLE ESPOIR

Vous pourriez le transformer en huile
en le cuisinant : cela a déjà été fait.
Il faudrait d'abord le récupérer.
Il y aurait aussi une odeur.

Certains supermarchés l'ont interdit.
Il y a aussi des pailles pour boire.
Peut-être y aura-t-il une taxe
ou d'autres lois.

Il y a des microbes qui le mangent –
ils ont été découverts.
Mais la température doit être élevée :
pas bon pour la mer du Nord.

Vous pouvez l'agglomérer en faux bois
mais seulement pour certaines sortes,
et pour les blocs de construction, *idem*.

Vous pouvez le retirer des rivières
avant qu'il n'atteigne la mer.
Mais alors quoi ? Que faites-vous de tout cela ?

De ce déferlement permanent
écrasant sans fin ?

3. FEUILLAGE

« un bout de plastique noir
– feuillage caractéristique de l'ère du pétrole »
Mark Cocker, *Our Place*

Il pousse partout, ce feuillage.
Dans les arbres, comme le gui,
ou pris dans les marais

ou fleurissant dans les étangs comme des
nénuphars,
criard et friselisé
ondoyant comme s'il était vivant

ou s'échouant sur les plages, néo-algues
de sacs déchirés, d'emballages jetés, de cordes
emmêlées
déchiquetés par les marées et les rochers.

Mais, contrairement au vrai feuillage, il est
dépourvu de racines
et n'offre rien en retour,
pas même une calorie vide.

Qui la plante, cette culture inutile ?
Qui la récolte ?
Qui peut dire Stop ?

4. ALBATROS DE L'ÎLE MIDWAY

À l'intérieur de la cage thoracique
tout est de couleur vive :
une étiquette un ruban
un ballon dégonflé
une bande de papier argenté
un ressort une roue une bobine

Qu'aurait-on dû trouver
dans le triste sac
de plumes vaporeuses
de l'enfant oiseau mort ?

Il aurait dû s'agir de combustible
pour les ailes, il aurait dû
s'élever au-dessus d'une mer propre ;
pas ce gâchis étincelant,
cette charpie de nid purulent

5. NOTES ÉDITORIALES

À noter (dit-elle) que
l'exhortation et le désespoir
pourraient être quelque peu atténués

À la place (dit-elle)
essayer d'offrir
une expérience de compr…

compréhension de l'humain
l'impact (dit-elle) humain
le pacte humain

puis laisser les gens
laisser les gens arriver
laisser les gens arriver à leurs propres

conclusions.
S'approprier leurs conclusions.

Elle dit :

Ce n'est pas sans danger.

6. APPRENTI SORCIER

Vous connaissez la vieille histoire :
une machine fabriquée par le diable
qui mouline tout ce que vous souhaitez
avec un mot magique

et un idiot fait un vœu pour du sel,
et le sel sort, de plus en plus,
mais il ne réussit pas à trouver le moyen
d'arrêter la magie

alors il jette le tout dans la mer,
et c'est pour cela que la mer est salée.

L'Apprenti Sorcier –
c'est la même histoire : *Démarrer*, c'est facile,
Le plus dur, c'est de *S'arrêter*.
Au début, personne n'y pense.
Ensuite, il est trop tard pour *Attendre*.

Dans notre cas, le sorcier est mort,
quelle que fût son origine
et nous avons perdu les instructions

et la machine magique continue de tourner
crachant des montagnes de bidules
et nous jetons tout à la mer
comme nous l'avons toujours fait
et cela finira mal

7. BALEINES

Tout le monde a pleuré en la voyant
dans la mer bleue carrée du téléviseur :
si grande et si triste

une mère baleine
portant son enfant mort
pendant trois jours, en deuil
à cause d'un plastique toxique.

Si grande et si triste
nous pouvons à peine le comprendre :
comment avons-nous fait cela en vivant simplement
de manière normale,

en nous débattant avec
emballage et conditionnement,
pour accéder à notre nourriture
à travers les couches successives qui

préservent la fraîcheur,
et n'en va-t-il pas ainsi pour tout le monde ?

Comment faisait-on auparavant ?
Comment avons-nous survécu
avec seulement du papier, du verre et de l'étain
et le chanvre et le cuir et les peaux huilées ?

Mais maintenant, il y a une baleine morte
Juste là, sur l'écran :

si grande et si triste
Il faut faire quelque chose.

Cela sera fait ! Cela le sera-t-il ?
Nous déciderons-nous enfin ?

8. PETIT ROBOT

Voici le petit robot
qu'ils viennent d'inventer
avec son joli visage de poupée en plastique souple.
Son expression est confiante
bien que légèrement craintive :
il est conçu pour apprendre comme un enfant.

On lui donne des objets :
il les palpe, il explore,
il mord et interroge,
il joue avec eux, il absorbe.
Puis il s'ennuie
et laisse tomber des choses sur le sol.

Il pourrait y avoir de la casse,
peut-être même des pleurnichements.
Est-ce qu'il s'en soucie ?
Sommes-nous vraiment allés si loin ?

Il apprend comme un enfant :
il saura prédire – nous dit-on –
de probables événements futurs :
Ceci entraînera cela.

Petit robot au visage de poupée,
que diras-tu de toi-même
dans ce monde que nous sommes en train de créer ?
Que diras-tu de nous ?

Où t'achemineras-tu
quand tu seras obsolète ?
Sur quelle poubelle cosmique ?
Ou bien vivras-tu à jamais ?
Deviendrons-nous tes ancêtres,
avides et fastidieux ?
Ou bien vas-tu nous effacer ?
Vas-tu nous laisser tomber par terre ?
Est-ce que ce serait mieux ?

9. LE BON CÔTÉ DES CHOSES

Regardez plutôt le bon côté des choses,
dites-vous.
A-t-on jamais vu pareille luminosité ?

A-t-on jamais vu une fleur si lumineuse
qui a duré si longtemps ?
Dans la neige d'hiver, après un enterrement ?

A-t-on jamais vu un rouge si rouge,
un bleu si bleu ?
Et en plus si bon marché !

A-t-on jamais eu un seau
si léger, pour transporter de l'eau
dans les villages ?

Pourquoi devrions-nous utiliser celui qui est lourd
et qui se casse si facilement ?
Sans parler du canoë jaune.

Quant à votre voix, à deux mille kilomètres de là
mais aussi distincte qu'un sifflement, au creux de
mon oreille –
sinon comment ferait-elle pour arriver jusqu'ici ?

Ne me dites pas que tout cela n'est pas beau –
aussi beau que le jour !
Certains jours du moins.

(Et notre bac à glaçons préféré
souple, couleur
pois vert, toujours prêt à servir…)

TRACÉ DE LA PLUIE

Un brouillard de graisse fine jaunit l'air.
On respire du pudding chaud.
Les feuilles du jardin sont craquelantes,
comme du taffetas antique. L'ancien jardin.
Un contact et elles se brisent.
Oubliez la pelouse –
l'ancienne pelouse –
quoique les pissenlits prospèrent :
ils ont survécu à nos fragiles plantes hybrides.
Leurs racines s'agrippent à l'argile desséchée.

Toute la journée, la pluie s'est fait attendre.
Elle se prépare, elle se retient.
Le pouce sur nos écrans tactiles,
nous consultons les cotes
sur les cartes radar : les flaques vertes coulent
d'ouest en est,
disparaissant avant de frapper
le point que nous sommes.

Un point rouge étiré, comme une voix de bande
dessinée
dépourvue de mots,
comme une larme à l'envers.

C'est là que nous vivons maintenant,
à l'intérieur de ce point
couleur de grille-pain en chauffe ;
à l'intérieur de cette bulle rouge et sèche.

Nous nous tenons sur la pelouse qui n'en est pas
une,
les bras tendus, la bouche ouverte.

Alors, brûlé ou noyé ?
Bien que nous ayons oublié l'incantation,
le chant, la danse,
nous invoquons un océan vertical,
bleu pur, eau pure.
Qu'elle tombe.

OH ENFANTS

Oh enfants, allez-vous grandir dans un monde sans
oiseaux ?
Y aura-t-il des grillons, là où vous êtes ?
Y aura-t-il des asters ?
Des palourdes, au minimum.
Peut-être pas des palourdes.

Nous savons qu'il y aura des vagues.
Pas besoin de beaucoup de vie pour celles-là.
Une brise, une tempête, un cyclone.
Des ondulations, aussi. Des pierres.
Les pierres sont une consolation.

Il y aura des couchers de soleil, tant qu'il y aura de
la poussière.
Il y aura de la poussière.

Oh enfants, allez-vous grandir dans un monde sans
chansons ?
Sans pins, sans mousses ?

Passerez-vous votre vie dans une grotte,
une grotte scellée avec un conduit d'oxygène,
jusqu'à ce qu'il y ait une panne de courant ?
Vos yeux s'éteindront-ils comme les yeux blancs
des poissons sans soleil ?
Et là-dedans, quel vœu ferez-vous ?

Oh enfants, allez-vous grandir dans un monde sans
  glace ?
Sans souris, sans lichens ?

Oh enfants, allez-vous grandir ?

LE CRÉPUSCULE DES DIEUX

Mauve pâle, rose pâle, bleu pâle,
bizarrerie de l'atmosphère :
Pâques blanchies.
Nous, les dieux, présidons notre propre autel.
Vieil homme au visage de faucon,
vieille bique aux bajoues de tyran.
Beaucoup de bijoux.
En marge, pêcheur solitaire dans un bateau en métal
jetant des morceaux de requins :
une rafale de becs et d'ailes.

Heure du déjeuner. Péristaltisme du cœur.
Sang, afflux compressé.
Le gravier d'un vieux glacier s'insinue dans nos
 gosiers –
sable rose de granit moulu –
également du calcaire blanc : petites dents, épines
 fines
et minuscules coquilles.
Ils nous endurcissent. On ouvre des bouteilles.

Faisons-nous preuve de bonne volonté ?
Envers toute l'humanité ?
Plus maintenant.
En avons-nous jamais fait preuve ?

Quand les dieux froncent les sourcils, le temps est
mauvais.
Quand ils sourient, le soleil brille.
Nous sourions tout le temps maintenant,
sourires de lobotomisés,
et le monde en train de frire.

Désolés pour tout cela. Nous sommes devenus
stupides.
Nous buvons des martinis et nous faisons des
croisières.
Tout ce que nous touchons devient rouge.

CE FJORD RESSEMBLE À UN LAC

Nous nous frayons un chemin sur les rochers glissants
sur les plumes moussues du ruisseau,
avec précaution, dans la brume, sous une pluie légère.
De telles couleurs ici : les camarines,
yeux noirs et ronds parmi les feuilles,
rouge, prune, rose et orange,
mais dans une semaine elles disparaîtront,
un fait qui ne nous échappe pas.
Qu'est-ce qu'il y a ici ? Une touffe de fins cheveux blancs ?
Quelqu'un a été enterré ?
Oui, il y en a eu beaucoup, au fil des ans,
bien que ce ne soit que du lichen.

Voici les corbeaux, qui arrivent pile au bon moment.
Serez-vous les prochains ? nous demandent-ils.
Ils comprennent que la chair est fanée :

leurs becs si avides.
Attendez un peu, leur disons-nous.
Chaque chose en son temps.
En attendant, les étangs sont magnifiques,
les pierres jaunes, la mousse verte, l'herbe au scorbut,
les tombes abandonnées depuis longtemps, les vieux petits saules.

V.

UN JOUR

(*Les Trois Destins chantent en chœur*)

Un jour, je serai vieux
as-tu dit ; disons
tout en accrochant le linge –
les draps, les taies d'oreiller –
avec son odeur blanche de pluie de juin
à l'époque où tu faisais encore cela
et que des pétales de poirier tombaient autour de toi
joyeux comme des mariages
et que ton cerveau chantait Ouais ouais ouais
comme un chœur,
trois filles aux longues jambes
et en cuissardes, remuant leurs minijupes
comme des abeilles annonçant le miel dans une
   danse aux temps
complexes.

Avec le temps, mes yeux vont se rétrécir, Ouais
   ouais
ma bouche se remplira de métal,
ma colonne vertébrale s'effondrera, Ouais ouais

ouais, ont chanté les trois filles légères
qui avaient maintenant du maquillage argenté
et des cheveux à mèches vertes.
Mais peut-être que j'aurai de la sagesse,
as-tu dit, en riant,
comme si on franchissait une porte.
Oh ouais ! elles ont chanté. Putain, on s'en fout !
Qui en a besoin de toute façon ?

Alors tu les as oubliées.

Aujourd'hui, tu remues avec ton bâton
les hostas fanés
dans la quiétude du jardin.
Où est-elle ? dis-tu
aux derniers asters bleus,
aux feuilles jaunes qui flottent dans le bassin
rond en pierre où les oiseaux se baignent.
Où est cette sagesse ?
Sans parler de la musique.
Elle doit être quelque part par ici.
Maintenant que j'en ai besoin.

Personne ne chante maintenant.
Maintenant, elles se contentent de chuchoter
dans leurs déguisements jaune pâle.
Elles ont aussi des bâtons.
Là-bas, elles disent, oh ouais.
La sagesse.
Essaye les géraniums.

Tu fouilles avec ton bâton :
Juste de la terre et des racines. Une pierre.
C'est peut-être une porte, dis-tu.
Ouais, ouais, elles chuchotent.
Mais rien n'est fermé. Il n'y a rien
à trouver. Il n'y a jamais rien eu.
Allez ouvre.
Allez descends.

TRISTES USTENSILES

Le stylo esseulé, sans la main,
le couteau *idem*.
Le violoncelle esseulé, sans l'archet.
Le mot esseulé, sans l'orateur
et *vice versa*.

Le mot *esseulé* :
qui le dit encore ?
Pourtant il a été affiné, comme tous les mots,
dans la bouche de centaines, de milliers de
  personnes,
a roulé comme une pierre sonore encore et encore,
aiguisé par ceux qui ne sont plus
jusqu'à ce qu'il atteigne cette forme :
esseulé
esseulé
un tissu déchiré en lambeaux.
Lambeaux – coucher de soleil mineur,
de pêche, les nuages deviennent ardoise :
une autre perte.

Et que faire de cette paire de jumelles,
de soixante ans ou plus,
esseulée, sans son combat ?

VACANCES D'HIVER

Oh à quelle vitesse nous écrémons le temps,
laissant traîner derrière nous
des miettes de muffins
et des serviettes humides et des savons d'hôtel
comme des pierres blanches dans la forêt.
Mais quelque chose les a érodées :
nous ne pouvons pas retrouver le chemin
vers cette prairie où nous avons commencé avec
  tant d'ardeur
et des tasses remplies de baies, et des parents
qui ne nous avaient pas encore abandonnés
pour tenter leur chance sous terre.

Nos vêtements tropicaux sont sans remords :
ils ont bien l'intention de nous survivre.
Nous nous ratatinons en eux,
le calcium s'échappant de nos os.
Et puis il y a nos chapeaux rusés :
nous les surprenons à ricaner dans les miroirs.
Nous pourrions nous autoriser de nouveaux T-shirts,

audacieux, avec des slogans grossiers,
mais ce serait du gaspillage :
nous en avons déjà trop.
Eux aussi se ligueraient contre nous,
ils glisseraient au sol,
ils nous emmêleraient les chevilles,
puis nous tomberions dans l'escalier.

Malgré tout cela, nous voyageons vite,
nous voyageons plus vite que la lumière.
C'est presque l'année prochaine,
c'est presque l'année dernière,
c'est presque l'année précédente :
du déjà-vu, mais on ne peut pas le jurer.
Et cette buvette en plein air,
celle avec le palmier sur le vitrail ?
Nous savons que nous sommes déjà venus ici.
Sommes-nous vraiment venus ? Y viendrons-nous
  jamais ?
Y reviendrons-nous encore ?
Est-ce loin ?

PIED DE FOIN

Mon grand amour s'en va clopinant dans la rue
pied de foin pied de paille pied boiteux
qui était autrefois un marcheur de l'armée.

Il est maintenant là-haut, aux avant-postes,
  silhouette
se détachant des fenêtres lumineuses, des
manteaux de cuir, des Sunglass Hut,
des bijoux pour dames :

Pied de foin, paille
Maintenant disparu. Mélangé à l'ombre.

Peut-être pas lui-même. Pas le même,
le marcheur dans les bois d'automne, les feuilles
  jaunes,
une bouffée de neige
sur le sol gelé, les ours alentour,
poudrée de glace sur les étangs.

Puis en montée, pied de foin, moi haletant
pour tenter de suivre.

Que s'est-il passé ? Qu'est-il advenu ?
Pourquoi marchez-vous encore ?
dit le docteur. Vous n'avez plus de genoux.
Pourtant, il va clopin-clopant, hors de ma vue
après le tournant,
déterminé à se rendre là-bas :
vers un havre de paix, un coin croquignolet
ou une boisson, ou une chaise.
La lumière rouge change. L'obscurité se coagule :
C'est bien lui,
pas même en retard, sa canne de pied
pied de foin, paille,
marche lente. Il était une

il était
une fois, une canne
comme tic, comme tac.

M. CŒUR DE LION

M. Cœur de Lion est absent aujourd'hui.
Il va et vient,
sa flamme vacillante s'allume et s'éteint.
Vous avez peut-être entendu un rugissement,
ou peut-être pas.

Qu'est-ce qu'il a oublié
cette dernière fois ?
Je ne parle pas des clés, ni du chapeau.
Je veux dire ses jours fauves,
le soleil, la course dorée.
Toutes nos danses à fourrure.
Cela lui revient en un éclair,

mais alors quoi ? Ensuite, le regret
parce que nous ne sommes plus.
Pour autant, il y a le chant des oiseaux,
des oiseaux dont les noms ont disparu.

Les oiseaux n’en ont pas besoin, de ces noms perdus.
Nous en avions besoin, mais c’était alors.
Désormais, qui s’en soucie ?
Les lions ne savent pas qu’ils sont des lions.
Ils ne savent pas à quel point ils sont courageux.

HOMME INVISIBLE

C'était un problème dans les bandes dessinées :
représenter un homme invisible.
Ils le résolvaient en traçant une ligne pointillée
que personne d'autre que nous ne pouvait voir,

nous, sans-gêne, avec nos nez collés à la page,
vitre invisible entre nous et le lieu
où les hommes invisibles peuvent exister.

C'est lui qui m'attend :
un homme invisible
défini par une ligne pointillée :

la forme d'une absence
à ta place à table,
assis en face de moi,
mangeant des toasts et des œufs comme d'habitude
ou marchant devant dans l'allée,
bruissement des feuilles mortes,
léger épaississement de l'air.

C'est toi dans le futur,
nous le savons tous deux.
Tu seras ici, mais pas ici,
mémoire musculaire, comme si on suspendait un chapeau
sur un crochet qui n'est plus là.

SOULIERS D'ARGENT

Plus de danse, mais toujours
aux pieds mes chaussures d'argent

mes souliers d'argent,
tous leurs souhaits épuisés

et aucun moyen de rentrer à la maison.
Je vais sauter le dîner, le genre formel avec une
nappe

et des bougies allumées pour deux. Je serai seule,
assise en face d'une absence.

Oh, où es-tu allé, et quand ?
Ce n'était pas au Kansas.

Je vais me percher dans cette chambre d'hôtel en
solo
et grignoter un carré de cheddar

que j'ai pris dans l'avion.
Aussi des amandes salées.

Cela devrait me suffire.
Je n'aurai pas faim.

Je ferai comme si j'étais occupée.
Mais rien de tout cela ne me défendra :

pas les draps de soie
les oreillers gonflés comme des ballons,

pas même le magazine de voyage du bonheur
avec ses rêves de prestidigitateur –

le cerveau du singe ailé
me portant vers le pays imaginaire,

un tel confort et abri –
cela ne contrebalance pas cela.

Cela, le moment que nous savons va venir,
le clic des secondes

sur le réveille-matin bleu ciel,
compte à rebours pour la descente de la maison
  volante

jusqu'au crash silencieux, cœur de sorcière mort
et chaussures d'argent vides, fin de partie.

DEDANS

Du dehors, on voit un flétrissement,
mais au-dedans, ainsi que le ressentent
le cœur la respiration et la face interne de la peau,
comme c'est différent,
comme c'est vaste comme c'est calme comme cela
fait partie d'un tout
comme c'est sombrement étoilé. Dernier souffle.
Divin
peut-être. Peut-être un soulagement. Les amants
emportés
et scellés au fond d'une caverne,
des voix s'élevant dans le dernier vol suspendu
d'un duo, jusqu'à ce que la petite lumière de cire
s'éteigne. En tout cas
j'ai tenu ta main et peut-être
as-tu tenu la mienne
tandis que la pierre ou l'univers se refermait
autour de toi.
Mais pas de moi. Je suis toujours dehors.

LIGNE PLATE

Les choses s'usent. Les doigts aussi.
Le noueux gagne du terrain.
Tes mains se recroquevillent dans leurs mitaines.
Oubliez les baguettes chinoises, et les boutons.

Les pieds ont leur propre ordre du jour.
Ils méprisent tes goûts en matière de chaussures
et ignorent tes itinéraires, tes cartes.

Les oreilles sont superflues :
À quoi servent-ils,
ces volets roses d'extraterrestres ?
Champignon du crâne.

Le corps, autrefois ton complice,
est maintenant ton piège.
Le lever du soleil te fait grimacer :
trop lumineux, trop flamant rose.

Après une vie d'enchevêtrements,
de collets noués et de dentelles,
de tornades violettes dans l'espace mental
avec leur cœur haletant et leurs décombres,
tu espères ardemment la fin des labyrinthes

et tu pries pour un rivage blanc,
un océan avec son horizon ;
non, pas tant la béatitude
mais une ligne plate vers laquelle tu te diriges.

Plus de sifflement ni de bousculade,
pas de récifs, pas de profondeurs,
pas de gravier raclant dans la gorge.

Ça ressemble à ceci :

____

CADAVRE DÉSENCHANTÉ

Cadavre désenchanté –
il semble que ce soit le nouveau nom
pour un corps mort.

La magie t'a quitté :
ce scintillement, cette étincelle, envolés.
Luciole séchée.

Mais si tu es maintenant désenchanté,
qui t'a enchanté, à l'époque ?
Quel mage ou quelle sorcière a jeté sur toi
le filet des mots, le charme ?
Placé le parchemin dans ta bouche
de golem d'argile ?

La vie, la vie, as-tu chanté
avec chaque cellule,
entraîné dans la danse
tandis que la magie te tenait enchaîné
et que tu brûlais de l'air.

Puis il était minuit, et une flamme pâle s'est élevée
de toi, et tu es tombé en poussière d'os.

Cadavre désenchanté, dit-on.
Inerte. Vidé de sa prière,
indifférent à toutes les invocations.
Une illusion, un fragment.
Sans vie. Sans.

Ou bien est-ce que tu es ?
  Ou bien est-ce que cela est ?

DEARLY [BIEN CHER]

C'est une expression désuète, qui se perd
maintenant.
Ce souhait m'était bien cher
Cet espoir m'était bien cher
Cet amour m'était bien cher.

Je marche sur le trottoir
en faisant attention, à cause de mes genoux abîmés
dont je me fous un peu plus
que vous pouvez l'imaginer
puisqu'il y a d'autres choses, plus importantes –
attendez donc, vous verrez –

portant un demi-café
dans un gobelet en papier avec –
bien cher regret –
un couvercle en plastique –
en essayant de me souvenir de la signification des
mots.

Bien cher.
Comment disait-on déjà ?
Bien chère assemblée et chers époux.
Bien chers tous, nous sommes réunis.
Bien chers tous, nous sommes réunis ici
dans cet album photo oublié
sur lequel je suis tombée récemment.

Où s'effacent maintenant
les sépias, le noir et blanc, les impressions en couleur,
tout le monde, tellement plus jeune.
Les polaroïds.

Qu'est-ce qu'un polaroïd ? demande le nouveau-né.
Nouveau-né d'il y a dix ans.

Comment expliquer ?
On prenait la photo et elle sortait par le haut.
Le haut de quoi ?
C'est ce regard déroutant que je vois souvent.
C'est si difficile à décrire
dans les moindres détails, comment –
tous ces êtres bien chers réunis –
comment nous vivions auparavant.
Nous emballions les ordures
dans du papier journal attaché avec de la ficelle.
Qu'est-ce que le journal ?
Vous voyez ce que je veux dire.

Mais nous avons toujours de la ficelle.
Elle relie les choses entre elles.
Un collier de perles.
C'est ce qu'ils disaient.
Comment s'y retrouver ?
Chaque jour brille, chacun seul,
chacun d'entre eux ensuite disparu.
J'en ai gardé quelques-uns dans un tiroir sur
papier :
ces jours-là, s'estompant maintenant.
Les perles peuvent être utilisées pour compter.
Comme pour les chapelets.
Mais je n'aime pas les pierres autour de mon cou.

Le long de cette rue, il y a beaucoup de fleurs,
qui se fanent maintenant parce que nous sommes en
août
et il y a de la poussière, et nous nous dirigeons vers
l'automne.
Bientôt, les chrysanthèmes vont fleurir,
les fleurs des morts, en France.
Ne pensez pas que ce soit morbide.
C'est juste la réalité.

C'est si difficile de décrire les plus petits détails des
fleurs.
C'est une étamine, rien à voir avec ta mine.
C'est un pistil, rien à voir avec un pistolet.
Ce sont les plus petits détails qui déjouent les
traducteurs
et moi aussi, en essayant de décrire.

Voyez ce que je veux dire.
Vous pouvez partir loin. Vous pouvez vous égarer.
Les mots peuvent faire ça.

Bien chers époux, de tout cœur réunis ici,
dans ce tiroir fermé,
s'estompant maintenant, vous me manquez.
Les disparus, ceux qui sont partis plus tôt, me
manquent.
Même ceux qui sont encore là me manquent.
Vous me manquez cruellement, bien chers.
Ô combien, je partage votre chagrin, bien chers.

Chagrin, c'est un autre mot
que l'on n'entend plus très souvent.
Ce chagrin, je l'éprouve chèrement.

LES MÛRES

Au petit matin, une vieille femme
cueille des mûres à l'ombre.
Il fera trop chaud plus tard
mais en cette heure il y a de la rosée.

Certaines baies tombent : celles-là sont pour les
  écureuils.
Certaines ne sont pas mûres, elles sont réservées
  aux ours.
D'autres vont dans le bol en métal.
Celles-ci sont pour vous, vous pouvez donc les
  goûter
juste un instant.
C'est ça le bon temps : une petite douceur
une après l'autre, puis vite disparue.

Il fut un temps où cette vieille femme
que je convoque pour vous
aurait été ma grand-mère.
Aujourd'hui c'est moi.

Dans bien des années ce sera peut-être vous,
si vous êtes chanceux.

Les mains plongeant
parmi les feuilles et les épines
étaient autrefois celles de ma mère.
Je les ai transmises.
Dans les décennies à venir, vous étudierez vos
propres
mains éphémères, et vous vous souviendrez.
Ne pleurez pas, c'est ce qui arrive.

Voyez ! Le bol en acier
est presque plein. Assez pour nous tous.

Les mûres brillent comme du verre,
comme ces ornements en verre
que l'on accroche aux arbres en décembre
pour se rappeler d'être reconnaissant envers la neige.

Certaines baies poussent au soleil,
mais elles sont plus petites.
C'est comme je vous l'ai toujours dit :
les meilleures poussent à l'ombre.

Table

Composition et mise en pages
Nord Compo à Villeneuve-d'Ascq

MIXTE
Papier
FSC FSC® C003309

L'éditeur de cet ouvrage s'engage dans une démarche
de certification FSC® qui contribue à la préservation
des forêts pour les générations futures.

Pour en savoir plus :
www.editis.com/engagement-rse/

Achevé d'imprimer en janvier 2022
par Normandie Roto Impression s.a.s.
61250 Lonrai (Orne)
Dépôt légal : février 2022
N° d'édition : 63125/01 – N° d'impression : 2107060

Imprimé en France